동그라미
세상

박일순 3집 동그라미 세상

발행일	2019년 10월 8일

지은이	박일순		
펴낸이	손형국		
펴낸곳	(주)북랩		
편집인	선일영	편집	오경진, 강대건, 최예은, 최승헌, 김경무
디자인	이현수, 김민하, 한수희, 김윤주, 허지혜	제작	박기성, 황동현, 구성우, 장홍석
마케팅	김회란, 박진관, 조하라, 장은별		
출판등록	2004. 12. 1(제2012-000051호)		
주소	서울시 금천구 가산디지털 1로 168, 우림라이온스밸리 B동 B113, 114호		
홈페이지	www.book.co.kr		
전화번호	(02)2026-5777	팩스	(02)2026-5747

ISBN	979-11-6299-907-3 03810 (종이책)	979-11-6299-908-0 05810 (전자책)	

이 도서의 국립중앙도서관 출판예정도서목록(CIP)은 서지정보유통지원시스템 홈페이지(http://seoji.nl.go.kr)와
국가자료공동목록시스템(http://www.nl.go.kr/kolisnet)에서 이용하실 수 있습니다.
(CIP제어번호: 2019039803)

박일순 시집

3집

동그라미
세상

북랩 book Lab

머리글

『꽃향기』, 『달의 미소』에 이어 세 번째 시집을 출간
하니 마치 교정 화단에 단발을 마친 한 그루의 나
무가 된 듯 홀가분하지만, 이런 착각이 얼마나 지
속될까 의문을 가져본다. 좀 더 생각을 굳건히 하
여 듬직한 새순을 길러내어 보다 확고한 내용의 시
를 써야겠다는 다짐을 해본다. 내일 나에게 주어진
일은 무엇일까 고민하다 밤하늘의 달빛을 바라보니
무언의 힘이 생겨남을 느끼며 파이팅을 외쳐본다.

2019.9.16

박일순

차례

머리글   5

1부

권두시	12
산은 말하였네	13
나귀의 기도	14
얼굴	16
제비	18
주봉으로 가는 길	19
봄	20
동그라미 세상	22
가슴에는	24
나의 애찬가	25
산수가	26
새움	27
산맥의 힘	28
삶의 짐	29
가을동화	30
가을비	32

계수나무   *33*

그리움   *34*

산행길   *36*

정열의 삶   *37*

망망대해   *38*

단풍의 노래   *39*

일출의 장관   *40*

푸른 호수   *42*

개울물 소리   *43*

숲속의 아침   *44*

입추를 맞으며   *45*

2부

삶이란   *48*

인생아   *50*

국사봉   *51*

심연의 꽃   *52*

한가위   *54*

일출   *56*

참사랑   *58*

추억의 일기장   *60*

새벽하늘   *61*

인생길   *62*

가을하늘   *64*

꽃과 같은 삶   *65*

봄비   *66*

소꿉친구   *67*

행복의 재발견   *68*

촌가   *70*

훈장   *71*

그곳에 가면   *72*

옥수수수염   *74*

오작교   *75*

새봄   *76*

3부

달팽이 인생관   *81*

삶의 의미   *82*

산딸기   *84*

산중 야담   *86*

존재의 신비   *87*

꼭두각시의 삶   *88*

봄바람   *89*

사색의 즐거움   *90*

두레박 인생　　　　　　　92

양철지붕　　　　　　　　93

무궁화　　　　　　　　　94

꽁초 인생　　　　　　　95

천둥소리　　　　　　　　96

변해가는 세상풍경　　　97

출발선　　　　　　　　　98

새들의 합창　　　　　　100

희망의 강　　　　　　　101

정, 인지　　　　　　　　102

위대한 삶　　　　　　　103

카톡 생방송　　　　　　104

운악산　　　　　　　　　105

부부의 대명사　　　　　106

무시이레　　　　　　　　108

나　　　　　　　　　　　110

봄 소풍　　　　　　　　112

첫눈　　　　　　　　　　113

피라미드　　　　　　　　114

동상　　　　　　　　　　115

원앙　　　　　　　　　　116

열두 개울　　　　　　　117

산중 만담　　　　　　　118

1부

권두시

여기
생의 가장 무거운 짐을 지고 가던
자욱마다
심지를 끓어 올린 등불 같은
꽃이 피어났습니다.
피어서도
자신의 짐이 무거움을 아는
그 꽃은
밤이 깊어가도
스치는 인연마다
그 향기를
고루 안겨 드립니다.

산은 말하였네

산은 말하였네
내 가진 것 모두를 보려거든
건너 산을 올라보라 하고
사람의 크기를 알려거든
마음의 크기를 보라하네

동
그
라
미
세
상

나귀의 기도

나 하늘에 비나니
예쁜 강아지를 닮은 두 개의 귀를
더 갖고 싶습니다.
그리하여 세상의 소리 모두를
좀 더 가까이에서 듣고 싶습니다.
해질녘이면
동구 밖 일터에서 돌아오시는
늙으신 부모님 지친 숨소리 듣고
제일 먼저 마중 가는
신통한 귀 두 개를 더 갖고 싶습니다.
새벽으로는
외양간의 나귀처럼
두 귀를 쫑긋거리며
당신께서 일러주시는
오늘 해야 할 일을 잊지 않고

귀담아들을 수 있는

둥근 달 속의 토끼를 닮은

두 개의 귀를 더 갖고 싶습니다.

동
그
라
미
세
상

얼굴

바람만 스쳐도 생각나는
그 얼굴
잎새만 나부껴도 생각나는
그 사람
눈 감으면 떠오르는
아련한 추억들
그 모두는
하늘에서 쏟아져 내려온
작은 조각달
모두 모여 하나 되는 날
언제 오려나.

제비

강남 갔던 제비
옛집에 돌아와 하는 말이
흥부 집 마당에
박 씨 하나 물고 왔으니
험한 세상 뒤처져 살지 말라고
지지배배 지지배배

주봉으로 가는 길

저 산마루 가는 길
아득하기만 하면
마음을 헤아리듯
산도 헤아려 보아라.
잎새 사이사이로
좁다란 오솔길 하나쯤은
나 있으리라.

동그라미 세상

봄

봄은
멀고 먼 타향에서
시집오는 새색시
시집살이 고된 줄 알고
남쪽나라 꽃내음
바리바리 싸 들고
시집오는 새색시

동그라미 세상

동그라미 세상

아침에
잠에서 깨어났을 때
생각나는 그대로에
감사하기
일터에서
마주치는 얼굴
눈에 보이는 모습 그대로에
감사하기
쉴 때면
언제적 일인지는 몰라도
스쳐 지나간 인연 그대로에
감사하기
삶이란
서로 다른
네모와 세모가 만나
동그라미를 만들어가는 것이니까

동
그
라
미
세
상

가슴에는

포대기에 둘둘 말아
가슴에 안고
물 대신 땀방울로
밀알을 기른 지 오래다
봄을 기다리는 겨울 내내
고뇌를 맛보았으니
가자! 낙엽 쌓인 대지로
너와의 다짐이 수북이 자라나
아람의 열매 맺어 가리라

나의 애찬가

휘영청 달빛 아래

내 어머님

날 두고 가신 곳 어디메랴

산천초목을 휘어잡고

슬피 우니

허공에

메아리인 듯

장부의 기상은 곧

어미의 혼이니

눈물을 거두라

하시메라

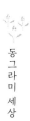

동그라미 세상

산수가

첩첩산중에

끄댕이를 잡아끄는

아름의 넝쿨들

당기고 치솟아 찢겨져 여문

님의 치맛자락에 담기운 복

다 담을 그릇

그 누구메랴! 그 누구메랴!

새움

1
양지에 검불을 헤집고
고개를 쏙 내민 고것
화창한 봄날
일출의 태양만 같은
고사리 대궁 고것

2
언 땅을 헤집고
고개를 쏙 내민 고것
화창한 봄날
밭이랑에 돋아난
일몰의 태양만 같은
열 아름 씨앗 고것

동그라미 세상

산맥의 힘

쭉 뻗어 나간

산맥의 힘 모아둔 자리에

큰 나무 자라고

힘차게 솟아오른 바위 아래

명당이 있는 법

그러므로 전설에도

큰 산줄기에서

큰 사람 나는 법이라 하였던 것

삶의 짐

달빛에는 언제나
은은한 향기가 있어
어머님의 품만 같고
솟구치는 햇살은
검 끝의 예리함 같아서
꿈속 아득한 것에서의 방황을
갈라놓는
시련의 아픔을 참고 견디며
앞서 떠난 무언가를 찾아
정처 없이 가는 것

동그라미 세상

가을동화

화선지 위에 그려놓은

가녀린 몸을

황금 낙엽이 쏟아져

감싸 안으니

아! 이 가을의 풍요로움을

허기진 가슴에 집어삼키고

며칠 더… 오래도록…

시름에나 겨워 살아보리

가을비

깊어가는 가을

내딛는 걸음마다 물든

오색 단풍을 바라다보니

골 깊은 계곡을 물결치며 살으신

어버이 가슴도 저토록

고운 멍 드셨으리라 생각을 하니

내리는 가을비 그 맛이

맵고

짜고

쓰디쓰다

계수나무

오늘은 말해야지
꼭 말해야지
동산에 올라
달빛 마주 보며 망설이다
내일 더
사랑스럽게 말해야지
돌아오고 말았네

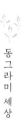

동그라미 세상

그리움

두 팔을 쭉 뻗어 한 아름
잡을 수 있는 것은
밤하늘의 별들뿐
두 팔을 오므려 가슴에 안고
눈 감으면
쌓여만 가는 그리움에, 그만,
눈 떠보면, 넌 그새
저만큼서 반짝이고 있구나

산행길

깊은 바다에 낚시를 드리우듯

온 산골짜기에 마음을 던져 놓았네

산새 소리 매미 소리

미끼에 물려 아파하듯

요란하건만

아침 해 다 가도록

님의 모습은 낚이지 않고

마르는 밤이슬이 안타까운 듯

산새 소리 매미 소리만

온 산골짜기에 가득하네

정열의 삶

큰 강을 건너왔다
거센 물살에
몸은 온통 상처뿐이다
조각달뿐인 산을 넘는 길도
혼자임을 알아뒀으면

동
그
라
미
세
상

망망대해

철썩철썩 파도처럼 부서져
뺨 위로 흘러내리는 땀방울
쉬고도 싶지만
등대도 섬도 보이지 않는
망망대해에서
잠시도
노를 멈출 수가 없구나

단풍의 노래

찬바람이
볼을 스치울 때마다
속속들이 물들어
말 못한 사연 많고 많아
아! 가을 산 단풍은
명산대천에
요란한 소리꾼

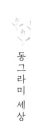

동
그
라
미
세
상

일출의 장관

넓은 바다에서 솟구치는

저 태양 아래

천국을 가져다 놓은들

이보다 더

아름다울 수는 없으리

푸른 호수

푸른 호수

파란 점 하나

하늘에서 내려다보면

어머님의 마음만 같아라

둘 곳 없어

쌓이고 쌓여

깊어진 물이라더니

온 국토를 푸르게 잘도 가꾸시네

개울물 소리

한낮의 개울물 소리
졸졸졸…
목마른 산토끼더러
나 여기에 있다고
외치는 소리

새벽 창공에
개울물 소리는
똑똑똑…
깊은 잠 깨우는
산사의 목탁 소리였네

숲속의 아침

산으로 이어진

가로수 길을 따라

매일 아침 산새가 찾아와

노래를 부른다

어떤 날은 꾀꼬리가

어떤 날은 뻐꾹새가

어떤 날은 가물가물

새벽이 되어서야

둥지로 돌아가는

서쪽 새의 노래도 들려온다

입추를 맞으며

멀지 않아 매미 소리 멈추고
찬 이슬에 물드는 잎새
슬퍼서 울 거외다
처음 그곳으로 돌아갈 수 없어
달이 차고 새봄이 올 때까지
잎새 잃은 가지는
추워서 울 거외다

동
그
라
미
세
상

2부

삶이란

돌아보니 삶이란 그런 거였다
가야 할 길에서 머뭇거릴 때
밤은 찾아오는 것이고
달콤한 꿈속의 이야기가
끝나기도 전에
아침은 밝아오는 것이라서
이제는 죽음조차도
뜻대로 할 수 없고
행복 역시도
마음먹은 대로 되는 것이 아니었으니
이제 남은 것은
희망의 끈을 놓지 않는 것만이
살길임을 알았노라고

인생아

인생아. 멈출 수만 있다면
멈추어보아라
사랑아. 멈출 수만 있다면
너도 멈추어보아라
그들이 멈춰 선 자리는 권태로워
사람들은 즐거이 바라보지 않으리니
세상 모든 생명체는 변해가는 것
그것을 쫓는 재미로 사는 것이
인생이란다

국사봉

빛바랜 새벽달 아래
한탄강의 여울물 소리
물길로는 닿을 수 없는
국사봉 정상에 올라
세상 소리 엿듣다 목마름 다해
한 줌 흙 되면
화전 밭 일구던 골짜기에서
한 줄기 바람 불어와 서성이다
저만큼 가서야 푸른 잎새 사이로
옛 연인의 모습인 듯
옷고름 풀어 보일 듯 말 듯

심연의 꽃

한탄강 공원을 산책하며
이 꽃 저 꽃 많은 꽃을 살펴보는
연인들…
봄 되면 꽃처럼
마음도 피어나는 것이니
내일 저 연인들은
무슨 꽃으로 피어나
이 도시를 빛내려나

동그라미 세상

한가위

서쪽 산 능선을 넘나드는

필백의 뭉게구름

어머님의 모습만 같고

한가위 햇살은 온종일

아람의 입을 벌리느라

울긋불긋 잎새를 물들이니

아! 오늘 밤 달빛에는

얼마나 많은 열매가

아람을 쏟아놓으려나

동
그
라
미

세
상

일출

나의 삶 걸어온 길모퉁이에

무심코 저지른 말과 행동으로

누군가에게 상처를 주지는 않았는지

돌아보며

솟아오르는 일출의 불꽃으로

언 가슴을 녹여봅니다

새봄 지나 어디쯤 가다

머물러 꽃피면 그 향기로

모두 행복해졌으면

소망의 기도를 하여 봅니다

솟대의 꿈

정유년 남겨진 자리에서

기러기 떼 날아

하늘 높이 오른다

내일이면 그네들은

동해의 일출과 더불어

새로운 천사로 귀환하리니

보아라!

기해년의 찬란한

저 태양을

동그라미 세상

참사랑

사랑보다 더 아름다운 것
그것은 눈물이었다
그리움보다 더 고귀한 것
그것도 눈물이었다
사랑 그 이상을 말하려 할 때
그리움 그 이상을 말하려 할 때
나는 눈물을 흘리곤 했었다
밤이면 하늘에서 내려와
풀잎마다 맺히는 이슬
그것은 하느님의 간절한 소망이
풀잎마다 맺히는 눈물이리니
오늘 밤도 구름이 길을 막지 않는 한
하느님의 방문은
나의 뜰도 찾아주시리라

동그라미 세상

추억의 일기장

혼혼이 돌아보니
어깨의 짐이 무거워
휘영청 할 때가
참 좋았더라
그게 다 보석이었으니
때론
고향이 그리워
울먹일 때가
참 좋았더라
돌아보니 그게 다
사랑이었으니

새벽하늘

새벽 창공의 달은
임금님 귀처럼 빛나고
저만큼
아침 해가 뜨고서야
방황하던 기러기 떼
논과 밭으로 날아드니
아 저 높은 하늘에도
땅만큼이나
여러 방향의 이정표와
여러 갈래의 길이 있나 보다

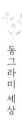

동그라미 세상

인생길

인생길은 바람 같고 물 같은 길

한곳에 영영 머물 수 없음을 알면서도

장터에 끌려가는 강아지처럼

이리 스치고 저리 스치며

버둥대는 길

지나고 보면 다

그렇고 그런 것임에도

그때는 왜 그토록

두려워만 하였던가

또 한편 돌아보면

모든 일에 거침없이 살았다면

나는 벌써 바다 한복판에서

초목이 울창한 밀림을

그리워했으리라

가을하늘

가을하늘
파란 하늘에는
보고픈 얼굴이 맴돌다
밤이 되면 하나둘…
그 모습들이 수놓이는
파란색 도화지가 된다

꽃과 같은 삶

담장에 곱게 핀 꽃
그 아름다움 오래도록
간직할 수 없기에
씨앗 되었다가
어느 해 또다시
꽃으로 피어나는 것처럼
우리 인생 행복의 순간도
꽃과 같은 것이 아니겠는가

동
그
라
미
세
상

봄비

오늘같이
봄비가 질척이는 날에는
꿈은 잠시
잊고 지내는 게 나을지도 몰라
빗길을 걷다 비에 젖어
내 소중한 꿈이
잊혀질 수도 있으니까
오늘같이
봄비 오는 날에는
그 누구와도
이별 같은 것 하지 않는 것이 좋겠어
내 이별의 슬픔으로
만발한 꽃들까지도
슬프게 할 수는 없으니까

소꿉친구

촉촉한 돌담에 기대
붉게 핀 것은 철쭉
넓은 산 곳곳에 수줍게 피어
오고가는 사람들
말벗해 주는 것은 진달래
산간오지의 외딴집
울타리 삼아 핀
빨간 개복숭아꽃
그대는 꽃으로나 열매로나
내게 가장 소중한
소꿉친구라네

행복의 재발견

새벽달 지기 전에 잠에서 깨어나
마음의 짐을 정리하는 시간이
점점 많아지고 있다
못 다해본 일이 생각나면
거울 앞에 서서 흉내를 내보며
그렇게 지내온 세월의 사연이
백과사전처럼 쌓여만 간다
돌아보니
그토록 갈망했던 젊은 날의 꿈을
다시금 싹 틔워 사는 것이
노년의 삶을 한층 더
풍요롭게 하여 주는 것만 같다

동그라미 세상

촌가

나 이곳에
집 한 채를 지으려 하네
밤이슬을 피할 수 있는
떡갈나무 몇 그루와
망각의 세월을 향기롭게 할
찔레꽃으로 담장을 하고
밤하늘의 무수한 별들을 바라보며
잠들 수 있는 아궁이와 온돌
그리고
내 어릴 적 꿈을 방해받지 않을
침묵의 시간을 가질 수 있다면
나는 그곳에
우주의 가장 경이로운 것들을
가득 채워 놓겠네

훈장

하루하루 굽어지는 허리
가을을 맞이하는 이삭이라
생각하는 그대에게
하루하루 늘어만 가는 흰 머리
사는 내내 죽음의 문턱마다
있는 힘 다 써 그리됐노라
생각하는 그대에게
하루하루 늘어만 가는 주름살
일터에서 배운 일
기억에서 잊지 않으려고 남긴
추억의 한 페이지라고
생각하는 그대에게는
영원토록 빛날 훈장이
가슴에 새겨져 있음을
아서야 합니다

그곳에 가면

나 그곳에 가면 또 눈물 흘리리

님의 자취인 듯 너울거리는 옥수수 잎에

새벽이슬 맺혀 있고

장미꽃이 활짝 핀 울밑에서는

지친 봄의 아지랑이가 피어오르고

자욱마다 홀로 일구신

밭이랑에 새싹들을 보노라면

참아야 했던 눈물 덧없어

아니 흘릴 길 없으리

동
그
라
미
세
상

옥수수수염

씨앗 중에

갯고리 나면서

수염 달고 나오시는 저 어르신

먼 옛날 배고픈 시절에

영락없는 아버지 모습 그대로

오작교

봄바람 자유로이 오고가며
세상 소식 전하는 길목을
내 땅이라 말하지 말자
고향 찾아온 새들이 자유롭게
둥지를 오고가며
위 아랫집 안부 전하는 길목을
내 땅이라 말하지 말자
강물이 굽이쳐 흐르는 곳에 다리를 놓아
끊어진 길을 이어가듯이
저마다 마음의 물길을 열고
그 위에…
오작교를 놓아야 할 때가
바로 지금이 아니던가

동그라미 세상

새봄

자고 나면 시련의 흔적인 듯

새벽달 진 자리

쓸쓸하기만 한데

앞마당을 뛰노는 병아리 떼

새로운 삶을 시작하니

계절은 어느덧

새봄이어라

동
그
라
미 세
　상

3부

달팽이 인생관

홍익인간 태초의 두뇌를 가진
생명이여!
땀으로 얼룩진 걸음을 보니
어젯밤도 꼬박 지새웠나 보구나
담장의 호박잎을 지구 삼아
돌고 또 몇 바퀴를 돌다
옛 시인의 망령이 떠난
새벽이 되어서야
가던 길에서 노숙을 하는
달팽이여!
매일 밤…
태초 인간의 삶 흔적을 찾아
그토록 헤매느니
저주스러운 이승의 삶에서
탈출을 꿈꾸는 것이 낫지 않겠는가?

동그라미 세상

삶의 의미

살아간다는 것
그것은,
과일이 익어가는 것과도 같은 것
나는
무엇으로 익어가고 있는지를
매일매일 살펴야 하리라

산딸기

새콤달콤한 산딸기

누가 볼까봐

한입에 쏙…

시끌벅적한 세상 이야기도

누가 들을까봐

한입에 쏙…

돌아오는 길 무서워

오들오들…

동그라미
세상

산중 야담

산사로 가는 길목에
밤새워 새집 짓고
먹이를 기다리던 거미줄에 걸려
날개를 퍼덕이는
풀벌레의 몸부림을 보아하니
아. 우리네 삶도
저토록 가엾은 생명의 노예가 되어
사는 줄을
왜 진작에 몰랐으랴!

존재의 신비

촛불 앞의 불나방
싸늘한 죽음에 이르기에는
아직 이른 듯
한줄기 바람결에
다시 살아남으니
아. 법랍의 숨은 공덕은
시시때때로 드러나
무덤의 생명을 구해내누나

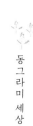

동그라미 세상

꼭두각시의 삶

아침 햇살도 빛나고
하늘은 푸르러
고개를 내민 싱그러운 잎새들
산들바람에 춤추고
새들은 노래하고
삶의 고뇌에 지쳐
그것을 바라보는 내 모습은
부끄러워라

봄바람

밀고 당기며…

살랑살랑 불어오는 봄바람

굽은 나뭇가지 곧게곧게 펴주려고

온종일 불고 있나 보다

내게 닥쳐왔던

시련의 때에도

그러했던 것처럼

동
그
라
미
세
상

사색의 즐거움

산에 와 침묵하니
새들의 노래
저리도 흥겨운 것을
나
세상에 가서도 침묵하면
세상의 소리
저리 들려 오려나

동
그
라
미
세
상

두레박 인생

가는 명주실에 매달려
우물 안으로 내려가
물 한 동이 끙끙대며 올라오는
두레박이나
빈손 쥐고 일터로 향하는
"나"와 두레박이…
다를 게 그 무엇이랴

양철지붕

봄이 오면
단칸집 양철지붕 위에서
이만큼은 네 땅
이만큼은 내 땅이라고
새들의 지저귐 소리
저토록 요란한데
도심 속 이보다 높고 큰
양철지붕 위에서는
얼마나 많은 새가 모여
네 땅, 내 땅을 놓고
힘겨루기를 하게 될까

동
그
라
미
세
상

무궁화

기름진 옥토

배움의 터전마다

소망 가득 담고 피어난

무궁화꽃을

바다 건너 대륙의 땅으로

보내주오

죽는 그 날까지

처음 모습 그대로

대한의 향기를 전하리니

꽁초 인생

다니던 일터에서
더 이상 피울 수 없는
꽁초다 싶으면
재떨이에 꾹꾹 눌러 버려지는
야속한 인생살이
붓다 만 적금 통장에
백 세 인생에 맞게 꾸며놓은
청춘의 꿈을 생각하니
어안이 벙벙…
세상이 날 꽁초처럼 버려도
잡초처럼 일어나
굳세게 살아가리라

동그라미 세상

천둥소리

창밖에는

천둥 치고 비바람 거세어라

내 사랑하는 것들

이리저리 비바람에 흩날리어라

큰 고목의 나뭇가지도

비바람 견디다 못해

더러는 부러도 지누나

변해가는 세상풍경

희뿌연 먼지에 가로막힌
도시의 풍경
모두…
천사와의 입맞춤을 꺼려 하니
오늘 밤
창밖의 달은
얼마나 많은 눈물을 흘리랴

동
그
라
미
세
상

출발선

둥지의 작은 새들이
하늘을 날기까지의 과정을
곰곰이 생각해보면
지금의 어려운 역경을
알에서 막 부화한
작은 새에 비유한다면
극복하지 못할 어려움
없지 않은가

동
그
라
미
세
상

새들의 합창

앞으로 백 보
뒤로 일 보는
다음 만 보를 날기 위한
잠시의 휴식
대추나무 가지에 앉자
젖은 날개를 빗질하는
새들의 지저귐 소리가
그러한 것이리

희망의 강

낯선 물길을 헤엄치는
한강의 잉어무리
임진강에 노닐며
넘지 못할 철조망을 앞에 두고
저편 마을 사람 안부가
궁금해지는 시각에
밤하늘에 별들이 수놓이면
북녘땅 자유의 혼들은
지하의 갱도를 따라 숨어들어
한강의 맑은 물을
한껏 마시고 돌아가리라

동그라미 세상

정, 인지

살면서 중요한 일은 스스로 결정하라
더러는…
믿기지 않던 생각대로
그대의 운명이 결실을 맺으리니
해와 달이 뜨고 지면서
우주의 수많은 일을 이루어놓듯이
살면서 중요한 일은 스스로 결정하고
그 길을 걸어가라

위대한 삶

우리 살면서 때론
이별을 한다 할지라도
슬퍼하거나 노여워 말자
세상 어디에 살든
하늘 아래 메여 살리니
가끔씩, 멀리에서, 가까이에서
마주하게 될 때
만남의 기쁨은 배가 될 터이니
위대한 삶은
지배하는 것이 아니라
사랑하는 것임을 알게 되리라

동그라미 세상

카톡 생방송

카톡에서 울려 퍼지는

친구들의 다정한 목소리 가두어 두려고

차 창문을 닫는다

달리는 내내

이리저리 귓전을 맴돌며

미혹한 영혼을 일깨워주던

다정한 목소리

집에 도착해 차에서 내리니

뿔뿔이 흩어져

밤하늘의

별이 되어 빛난다

운악산

백 칸 고궁의 깨어진 넋인 양
솟구친 기암괴석은
낙엽과 이끼를 뒤집어쓰고
빈손 나그네의 발길에
말벗이 되어주고
백팔계단 끝자락에
천년 지기 느티나무는
파인 옹이에 새벽이슬 모아
홀로 지탱함을 보아하니
선사의 크신 월력 살아남아
지극정성 공양함이로세

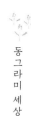

동
그
라
미
세
상

부부의 대명사

부부란

싸우면서 정드는 것

서로의 잘못을 꼬집어 아파하면서도

내 편이 되어줄 수밖에 없는

필연의 만남인 것

매일 헤어지면서도

오늘 처음 만난 듯 기뻐하는 것

잠잘 때는 잃어버릴까봐

꼭 끌어안고 잠드는 것

식탁에 마주 앉으면

서로의 건강을 염려하여 주는 것

일터로 향할 때는

돌아오는 길 잃어버리지 말라고

옆구리에 총칼을 꾹꾹 눌러

장전하여 주는 것

이렇게 서로의 모서리를

갈고 닦으며

둥글둥글 보름달이 되어가는 것

동
그
라
미

세
상

무시이레

하늘이
하루종일 바쁘다
비구름 한 번 지나가면
바람 한 번 휘몰아치고
그때마다
가지의 잎새는 무서워서
오들오들…
입김으로 호호 불어 유리창을 닦고
창밖을 보니
비 갠 하늘에는 별들이 모여
웅성웅성…

동
그
라
미
세
상

나

나
봄의 꽃과 어우러져 놀다
꽃의 목마름 보이면
물이 모자라다 핑계 대고
엉엉 울며
하늘에 기도하리니
꽃이여 그 아름다움
영원토록 내 곁에 머물러 있어 주오

봄 소풍

연한 잎새에 상처 날까봐
살금살금 불어오는
봄바람 따라
동네 한 바퀴 돌고 나면
목청을 돋워주는
송아지의 긴 긴 울음소리에
농촌의 하루해는 저물어간다

첫눈

첫눈 넌 누구니
버려진 낙엽 위에는 쓸쓸하기 그지없고
앙상한 나뭇가지 위에는
봄의 꽃처럼 피어나고
텅 빈 가슴에는
다가올 그 무엇이 있는 것처럼
설레게 하는
첫눈, 넌 누구니

동그라미 세상

피라미드

무거운 짐부터 차례대로

내려놓으며

여린 몸 하나 남아

더 이상 오를 수 없을 때까지

겉치레의 짐을 모두

벗어 던지리

동상

넌 알고 있었니
저토록
영혼이 녹아버린 삶이라야
광장의 동상처럼
전설이 될 수 있다는 것을

동
그
라
미
세
상

원앙

강물이 굽이치는 곳에
발길을 멈추었네
저 멀리 부표인 듯 떠다니는
한 쌍의 원앙
가까이서 보니
거센 물살에 마주 잡은 두 손
참 예쁘기도 하여라

열두 개울

우리 모두
송사회 때 찾아와
발끝에 입맞춤하는
열두 개울 맑은 물에 발 담그고
마주 댈 수 없는 입술 대신
마음과 마음을 마주 기대어 보자
발길은 언제나
행복 찾아 길을 헤매느니
그대 발길 닿는 곳에
내 사랑도 잠시 머물러 쉬어가리라

동그라미 세상

산중 만담

봄 되면
산은 살아서 움직이는 산짐승
낮에는 황소처럼 일하고
밤에는 달빛 주위를 맴돌며
수많은 보물을 훔쳐내니
봄 되면 산에 오라
이름을 알 수 없는 미인들의
속속들이 삶 이야기 듣다 보면
하루 밤낮이 짧기만 하여라

여기저기서 터져 나오는
새싹들의 함성 소리에
나는 길을 헤매인다
산길을 걷는 내내
이토록 마음이 호사스러울 때
나는 어쩌면 좋으리

산에 오니 신선이 된 것만 같아라

어젯밤도 산의 그이는

얼마나 마시고 취했는지

온 산을 다 뒤져가도록

기척이 없으니

꺾이는 고사리 대궁의 비명 소리에

산새들은 목청을 돋우고

산에 사는 나무들

우리네 인생사와도 같구나

어떤 나무는 곧게 곧게 잘도 자라고

어떤 나무는 옹이가 많아 허리가 굽고

어떤 나무는 덤부사리에 감겨 폭삭 늙어 자라고

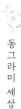

동그라미 세상

다리가 아파 쉴 곳을 찾으니

뻐꾹새 노래하던 나무 아래

나도 머물러

스쳐 지나는 나무 일일이 헤아릴 수 없듯이

스쳐 지나간 일들 낱낱이 기억할 수 없음도

산에 오니 알 수 있네

능선의 큰 소나무

날 보며 눈물짓네

바로 옆 잘린 그루터기

세상일이 두려워

움 돋지 아니하면 어떡하나 하고

님 찾으러 와 눈물짓네

이 산 저 산 덤부사리마다

얽히고설킨 사연들

콩닥콩닥 들볶는 소리에

봄바람 절레절레 달아나고

꺾인 나뭇가지 아파하듯

베인 상처에서 피가 나듯

잘린 고사리 대궁에서는

피눈물이 솟구치네

이 몸으로

나그네의 허기를 면해 줄 수 있다니

기쁨의 눈물만 같네

동그라미 세상

한 바퀴 돌면 한 바구니
두 바퀴 돌면 두 바구니
세 바퀴 돌면 대 바구니 가득
욕심에 가려 보면
그 무엇도 보이지 않음을
고사리밭에 와보면 알 수 있다네

한 철 나물을 키워낸 산이
스쳐 간 인연을 추억하면서
또다시 침묵 속으로 잠들어 가고
티를 내듯 잘 여문 씨앗들은
이산 저산에도 살고파
윙윙대는 솔잎의 장단에 맞춰
이산 저산 온 산골짜기로
흔들흔들 널뛰기하네